모난 것은 살아있다

지혜사랑 255

모난 것은 살아있다

손익태

지혜

시인의 말

耳順에 詩集 묶는다
나이 만큼 덧 댄 위선의 지문 지우고 싶어서,

진부한 언어로 언저리 삶을 수정하는데
희생물이 된 나의 새끼들
꼬리달린 올챙이로 세상에 풀어 보낸다.

나로인해 상처받은 영혼이 있다면
이 시집을 바치면서 용서 구한다.

열등한 밤을 쬐면서 뼈와 살로 짜낸
내 새끼들을 소신공양 바치오니
푹 우려 화해의 보신으로 삼았으면 좋겠다.

김천 删詩齋에서

2022년 가을
손 익 태

차례

1부
끈

2부
틈

3부
못

4부
水

• 일러두기

페이지의 첫줄이 연과 연 사이의 띄어쓰기 줄에 해당할 경우 >로 표시합니다.

1부 끈

끈 1

지난 명절 누군가 놓고 간 법성포 굴비 한 두름, 반찬 없는 끼니 때마다 끈에서 빼어 노릇노릇 구워서 흰밥 위에 얹어 먹었는데, 이제 달랑 두어 마리 남아 조기를 묶었던 꾸러미가 빈 집의 형태로 누군가 들어와 휑한 공간 채워 주기를 바라는 끈

굴비처럼 두름으로 엮이어 살던 시절이 있었지, 엄마와 아버지가 가난에 박힌 녹슨 못을 부여잡고 양쪽 균형을 어루만지면 첫째 둘째 셋째 순으로 굴비처럼 엮이어 살던 시절, 소금 간 든 만큼 말수가 적던 큰형은 육이오 사변 때 전사하시고, 그 다음은 폐병으로 달 밝은 날 각혈로 쓰러지더니 사뭇 먼 곳으로 빠져나가신 둘째 형, 그후로 형제들은 부모님의 끈에서 빠져나와 제멋대로 굽고 지지며 살아 왔는데 엄동설한 자식 없는 빈 방의 바람소리 안고 사시던 부모님은 어느 날 녹슨 못이 부러져 자식의 끈마저 놓아 버리셨다

끈 2

물은 인연을 묶는 끈
나도 이 끈에 묶여사는 속물이다
물의 차가움
불에 올려 데울 수 있어
끓으면 수증기로 변해 가볍게 날아올라

땅에 떨어지면
굼벵이처럼 기어가는 각角 없는 부드러움
투명하지만 색을 입히면 입히는 대로
몸속 화합의 끈 엮어가는 새끼줄 같은 물살
생명체 모두가 지구의 자루에 담겨
물의 끈에 주둥아리 묶여 있어

끈 3

바다라는 보자기에 싸인 육지가
강의 매듭으로 묶여 있네

물의 마을
바람 부딪는 소리에 놀란 짐승들
물귀로 들리는
살과 피 수혈하는 소리

누런 낯판대기 세상 디밀고
찰랑찰랑 썰렁썰렁 옷깃 끌며 가는데
매듭 묶는 소리에 놀란 새들의 하늘에서
우리 사는 지상으로 걱정의 말 전해온다
그대,
잘 묶여져 사시는가

곰탕

장판 붙어사시는 팔순 노모
곰탕 잡숫고 싶단다
정육점 가서 허우대 좋은 우족 한 세트
찬물에 담궈놓고 평생 머금고 산 핏물
스폰지 짜듯 빼내며 누런털 달린 발톱을 솔질한다.

이놈의 소는 살아생전 어떻게 살았을까?
싸움소로 조련 돼
상대의 뿔만 보면 구석으로 몰리며 살았을까
저울살 찌우기 위해 여물통에 묶여 하루종일
되새김만 하다 새파란 나이에 도살장 끌려 갔을까
가난한 화전민의 손에 이끌려 평생토록
자갈밭 일구다 병들어 죽었을까

큰 양은솥에 들어가 밤새도록 가스불에 끓고 끓어
뼛속 골수가 다 빠져 허물어질 때까지 푹 고아져야
이 놈의 혼백이 뽀얀 국물로 우러나 가뭄 논바닥처럼
갈라진 노모의 곪은 속을 보양할 텐데

한 평생 장마당에서 끓고 끓다가 뼈가 뻐꿈해질 때까지
끓다가, 어느날 병든 소처럼 앞으로 자빠지고 뒤로
넘어져 양쪽 대퇴골 꺾어져 양철심 대어 못 박아놓은
팔순 노모의 골절사진이 생각 나기는

아침 항구

새벽에 퇴근해서 현관에 들어서니
가족들의 신발이 항구에 묶여있네

식탁에는 삶은 호박잎, 생된장찌개
안해 마음 묻어나는 초여름 훈기
비린 풋내 피어나는 거실을 지나
안방 가득 여인의 정수리 냄새
창너머 소정원에 낯익은 꽃송이들
머리 풀고 비 맞으며 물의 음계 두드린다
새벽잠 깨우는 세탁실 알람 소리
쫓아가서 빨래를 꺼집어 낼 때
잠에서 깬 아이들 아침 입냄새

어둠 바다 헤치고 가장이 귀항하면
항구에 묶인 배들은 하나 둘 출항하네

한진현 兄

둥그런 코 둥그런 얼굴
둥그런 손 둥그런 모자
둥그런 발 둥그런 말
둥그런 키 둥그런 미소
둥그런 사과 감 자두 복숭아
과수원집 아들이란다.

하루의 끝

쓰레기봉투 뒤져
먹이 찾는 길고양이 일상이
달그림자 속 밤물결 위에 출렁인다

방금 길에서 치어 죽은 유기견의 흔적
타이어에 묻은 가해의 불안도 하수구로 흘러
하루의 노폐물이 도달한 곳은
도시 외곽으로 떠도는 낙오라는 이름의 습지

낙수 치는 어둠의 벼랑에서 깨달은 것은
꿈 없이 하루로 떠내려 왔음을
번화한 일상 하수구로 쓸려가는
팅팅 불은 좌절과 상실의 불안

발 아래 밟힌 잡풀도 땅속 깊이
이념의 뿌리 감추려 몸부림 치는데
계산에 능한 사람의 작난으로
하루를 뿌리없이 떠돌다
소금기 먹은 하구까지 떠밀려 와서는
수면 위로 머리 쳐들어 소리친다
살아남은 너를 위해 사라져 주는 거라고

눈물

쌀알 같은 곡식이
당신에게서 떨어지내요
헤일 수 없이 쏟아지는 이 양식은
기쁨과 슬픔의 다비식에서
얻어지는 진신사리

나 때문인가요
누구 때문인가요
당신의 곳간에 켜켜이 쌓아둔
애련愛憐의 곡식

슬플 땐
곳간의 자루풀어 밥물 담그지 마세요
입안에서 씹어봐도 모래 씹은 듯
목으로 넘기지 못할 테니까요

기쁘고 그리울 때
가마솥에 부어 끓여 보세요
보슬보슬 기름진 새하얀 포만감이
고소하고 뜨겁게 피어나는 수증기되어
당신과 나의 허기 채워 줄 테니까요

사진을 태우며

가슴에 칭칭 감긴 유적지 지도를 꺼내
오늘 아침 불쏘시개로 태운다
몹쓸병 든 큰엄마는 보쌈해서 버리고
스무살 여인을 새로이 맞은 아버지

우리엄마 호적에나 올려놓고 죽지
이십 개월 핏덩이 두고 떠난 아버지 사진과
평생 문둥이 손으로 청상으로 살다가신
엄마의 유품과 함께 태운다

불꽃으로 피어나는 亡者의 혓바닥이
활활 타올라 무슨 말을 한다
한 번도 꿈에 나타난 적 없는 아버지가
쉰 넘은 자식에게 무슨 말을 하는건지

어린 청상은 남은 새끼 거둬먹이기 위해
지문없는 손으로 평생을 살면서
엄마가 되고 아버지도 되어
두 분의 자존심으로 회초리 들던 날
왜 그렇게 세게 때리시는지

남자로서 배워야 할 배포와 배짱을

아버지께 배우지 못해
세상 음지로 내돌렸지만
그래도 마음의 고향이 있어 무덤으로 달려가
얼굴 없는 봉분 앞에서 하쉽게 울었지

이제, 사라진 지문과 눈물의 시간으로
여인의 원형을 잃어버린 당신의 자리에
하얀 국화송이 아름드리 피어나길
눈물의 씨뿌려 빌어 봅니다

수선집이 있는 골목

흰머리 한 올 바늘귀에 꿰어
헤진 올따라 가선을 대어
씨실과 날실의 숨결 이어 깁는다

풍선처럼 빈 폼으로 팔랑대는 의족義足은
날바람에 잡혀 사는 철부지의 품행 같아
바쁜 재봉질에 생각없이 번거롭다

틈어진 상처는 뜨거운 다림질로 다리고
남은 마들가리 삶도 윤택하게 반질반질
외발 재봉질로 헤지고 트진 아픔의 결을
한 땀 한 땀 시침 뜨는 의족여인의 손놀림

면류관* 쓴 여인의 일손 위로
온종일 내리쬐는 백열등 조명 빛이
산격동 골목 신작로까지 뻗어나와
행인들의 밤길을 환하게 비춰주네

* 솔로몬의 잠언: (16:31) 백발은 인생의 면류관이다

녹슨 삽

곡우 지나 봄맞이 흙 뒤집다
녹슬고 깨어진 붉은 삽머리
싯퍼런 괭이 끝에 걸려 세월의
뒤안을 돌아 나온다

버린 자의 애증이 켜켜이 쌓여
흙으로 삭아진 빈농의 속살
소처럼 살아온 젊은 날의 지문이
풀풀풀 바람에 사라진다

매미 태풍 난리 때, 그해 농사
대부분이 침수된 땅뙈기 보기 싫어
헐값에 팔아치워 대출 빚도 다 못갚고
품팔이 떠난 병렬아재

그 옛날 병렬아재의 손에 질이 나면서
햇살에 반짝이던 새 삽의 등짝
시퍼런 삽날로 언 땅도 캐어내던 시절
흙의 신념으로 일궈낸 충성스런 희생이
붉은 녹의 향기로 내 손을 감아쥔다

유튜브

침대 방향에 대해 吉凶 설명하는데
구독, 좋아요, 부터 눌러 달란다
미신인지 과학인지 믿지도 않으면서
끝까지 창을 띄워 잠자는 방향을 바꿨다

귀가 크면 남의 말 잘 듣는다드니
귀 얇게 살아온 耳順의 나이
얇은 지갑이라 뱀 꼬랑지만 쫓아가다
인생 저물어 버렸어

김천시 어모면 구례4길
병든 육신 누일 귀촌의 집 토굴방
수 년째 방치된 폐가의 밤을 이겨내려
내 안에 숨어있는 손톱 같은 흉기들을
찾아 마음의 날 세우며 방금 동쪽으로
머리 바뀐 침상에 누워 잠을 청한다

유난히 들끓는 밤바람 소리
소싯적 자다가 오줌 마려울 때면
마당 끝에 정낭이 붙어 있어서
빗자루귀신이나 눈에 불 켠 도깨비 나올까
혼자는 못가고 형제나 할머니 놉해서

뒷간 가던 유년의 기억

며칠 째 귀신몰이로 잠 못이뤄 든 생각
이제는 귀얇게 바람에 흔들리지 말고
어둠과 친해져서 어둠으로 살고
밝은 날은 밝은대로 흙 뒤집으며
흙과 친해지는 연습 해야지

* 유튜브-희망나무TV에서

이석증耳石症

달팽이관 톱니가 머리 부위
어디쯤 벨트를 걸었는지
팽팽 돌아가는 몸통이
지하 토굴 속 깊이 빨려 들어간다

누웠다 앉아도 톱니가 맞았는지
현실에서 빠져나온 영체는
환시 속으로 휘돌아 한 편의
환타지 주인공처럼 연옥세계를
한참동안 유람하다
지옥불로 떨어지지 않고
돌아와 준 나를 환대하는
아내 얼굴이 눈앞에 있어서 고맙다

풍선껌

껌을 씹는 것은 자위행위일지도 몰라
껌의 외피를 벗겨내면
여인의 속곳 같은 은박에 쌓인 알몸을
미각의 혀끝에 올려놓고 침샘을 자극하면
은밀한 맛과 향이 오감을 자극한다

욕정의 강도만큼 잇빨로 짓이기며 씹고 굴리고
쩍쩍 소리내어 콘돔의 막처럼 혀를 감싸서
입 밖으로 부풀어도 보고
온갖 잡질로 씹고 굴리며 노닐다가

늙은 여인의 주름처럼 단물 빠져버리면
나는 나—나
나는 나—나
헤이 헤이 헤이
뱉은 나! 나!

백세 요양원

살점 패인 돌들이
뼈만 남은 돌들이
눈이 움푹 꺼진 돌들이
징에 쳐 맞은 돌들이
유방 잘린 돌들이
무릎 꺾인 돌들이

발도 없이
말도 없이
가슴 짓밟히며
요양원 마당에 깔려있네

모처럼 비 내리고 물 흐르는
실개천 따라
굴러온 돌들과 함께
도란거리는 오후

한 세월 살아온 연륜은
물과 흙의 주름살 되어
기력 없는 눈빛으로
물의 귀를 달고
돌들의 신음소리 듣는다

잃어버린 우정

네 이름 부르고 불러도 목이 마르다
보지 않아도 내 눈에 들어와 티눈으로 걸리는
듣지 않아도 내 귓속에 머무는 너의 목소리
어느 땐 꿈에서 널 만나 온종일 산길 헤매이더니
갑자기 피어난 그리움
가슴 찢어 운다

무엇을 줄까
무엇을 원하니
내 가진 것 중에서 무엇이든 가져라

너보다 부자인 나는
한없이 받기만 하였구나
네가 주는 것으로 커지고
따습고 포근한 잠을 잤구나
일면식 일면락 보고있어도
또 보고싶은 사람아

이제 널 잃었으니
칠흑 같은 산비알 헤매이며
무섭고 무겁고 무미건조하게
지상의 유령으로 나는 떠돌고

어쩜

— 故 노무현대통령 국민장 중계방송 보며

태양이 이리도 뜨거울까
사람들 머리가 시커멓게 타들도록
온종일 내리쬐는 원죄의 방사선 맞으며
누가 죽었는가?
타살인가
자살인가
자살도 타살도 아닌
어쩜,
여기 그리고 저기 모인
우리가 죽인 것인가

喪主는 울지 않는다
마른하늘 뜨겁게 내리쬐는 저 태양만 저주할 뿐
어서 비를 내려다오
거북 등처럼 갈라진 황톳길에 뿌리내리지 못해
흉진 자리마다 싹트는 노랑 풀꽃
이른 새벽 일어나 보니
지고 말았네

아, 순금 같은 빗방울
이 땅에 내려다오

>

목메어 쓰러지는 강산의 풀잎들
꿋꿋이 일어 설 수 있게
깊게 패여가는 꽃 마른 자리에
화해의 빗물 내려다오

2부
틈

유리로 살아 온

발로 찼다
미끈하게 막힌 유리
몇 번의 충격으로 속살이 들어났다
무심코 지나다 쾅! 충돌한
그 얼굴 기억하는지
깨어진 파편 속에서
잊힌 상처가 굼벵이처럼 기어 나온다
멸치 고래 연어 소라
부서지고 마모되어 화석으로 남은 뼈
예리하게 물고있는 아픔이 사금 빛이다
그 아픔들이 빛을 발하며
기억의 편린을 더듬으며
거실바닥에서 다시 살아 파닥인다
유리,
투명함으로 떠도는 언어를 삼키며
벽 너머 누군가와 수 년 간 통정했네

진골목
—대구 종로 골목

고양이 휘어진 잔등 같은
골목 안 눈빛 시퍼렇게 살아
숨은 발톱 속으로 바람이 칩잠한다

골목 끝, 김 노인처럼 적막으로 굳어 질 수 있어
덜거덕 거리는 틀니가 땅에 떨어지던 날
상여 따라 골목이 환히 피어 나더니
큰길에서 떠돌던 바람 빠진 비닐들이
골목 어귀 날아들어 적막에 걸려 울부짖다

검은 양복입은 상주의 얼굴같은 가로등 밑
오늘을 살기 위해 어설피 마신 취기를
정소아과* 담벽에 토해낼 때
담너머 상화와 원일의 글읽는 소리따라
헤일 수 없이 짓밟힌 골목의 이끼냄새
바람의 뼈에 부대끼어 골목 돌아 나오는
저 묵음의 항명은 누구도 대항할 수 없어,

노인의 어머니와 그 노인의 형제가 내딛는
'마당 깊은 집'에서 들려오는 재봉틀 소리
어쩌면 평화와 닮은
위장된 평화의 고요가

길고양이 깊은 동공 속으로
빠져드는 골목의 日常

* 진골목 내 일제시대 지어진 현존 건물,
『마당 깊은 집』 소설가 김원일의 자전소설

은적사 가는 길

내 손에 둥지 틀고 사는 무선전화
어쩌다 집에 두고 대덕산 오른다
중턱 쯤 오르니 들숨 날숨 뒤엉켜
목에서 철사 끊어지는 소리
은적사* 바위 틈 쉬었다 가지

흐르는 계곡에 손 담그니 졸졸졸 순하게
흐르던 물살이 쭈그러진 맥주캔 소리로 변해
때마침, 친구 주머니에서 가수 장윤정 노래가
짠짠 짜르라라——
계곡 물살타고 흘러나와

친구는 손에 들린 무선전화에 입을 대더니
말(言) 마구 떠내려 간다
–어, 그래 부산 장림공단이라고
–납품건 인계하는데
–파손이 많다고
–얼마나?
–야, 이 새끼야
–뭐 그 따구로 일하고 돈받아 쳐먹냐!

친구는 다대포 하구까지 떠내려 가서

−아푸, −아푸,
물속에서 허우적 댄다

* 대구 앞산 중턱의 사찰

밀림에서 살아 남기

세렝게티 동물보호구역에서나 구경할 수 있는
육식 짐승들이 은신처도 없는
도시로 떠밀려와 먹이 갈군다

나는 잘 조련된 種의 짐승을 사육해
사람들을 태워 나르는 택시운전사
밀림에서 살아남기 위한 경쟁력과 힘의
상징으로 짐승들을 잘 조련시켜 사육하는 일

한순간 발정으로 물어뜯길 수 있어
저들의 배설물과 육식성으로부터 안전하기 위해
사람들은 사는 집을 허공높이 지어 올리고
보안 자물쇠로 이중삼중 잠그면서도
도시의 밤을 불면증으로 하얗게 세워

밤이면 두 눈에 유황불 켜고
큰길에서 먹이 찾아 날뛰는 짐승
골목마다 잠들어 있는 짐승의
털끝이라도 잘못 건드렸다간
단번에 물어뜯기는 살벌한 모퉁이에서

나는 지금 살아남기 위해

발끝에 압착된 엑셀과 브레이크 페달을
애인에게 애무하는 입술 스냅으로
이 짐승에게 봉사하고 있어

틈

얍삽한 사마귀 거미줄에 걸려
하늘 날으던 날개가 허공에서 대롱대롱
흑빛 얼굴 파르르 헛발질이다
벌건 물집으로 돈벌이하던 애인의 섬모도 팔랑거린다

포유류의 구역 표지같은 방안 귀퉁이 물物냄새

누가 돌을 던졌는지
풍경을 담아 출렁이는 거울속의 파문
아침마다 물을 떠내고 퍼내어도 마르지 않더니
어둠을 틈타 거울 밖에서 고성이 오가고
물이 물을 던지고 얻어맞고 부서진 틈으로
인적이 숨어버려 쓸쓸한 적막이 흐르다

침묵이 헐리고,
몸의 파문에서 뱉어내는 피(血)냄새
어디 살을 찢었는지 비린내를 없애기 위해
얼굴과 손의 가면과 지문을 벗겨낸다

유리 인형
— 故 박원순 서울시장 생각

구저분한 감정을 감추기 위해
유리 벽에 갇힌다
보여주는 것만으로 너에게 가려한다
가면 쓴 위선의 손으로 너를 만진다

몸 속 체온을 너에게 빼앗길 수 있어서
유리 손으로 악수를 청한다
부딪히어 깨어져도 괜찮아
언젠가 헤어질 만남인데

몸 속 흐르는 따뜻한 시선으로
눈 뜨면 세상에 나아가 선량한 이름
불러보지만 상처투성이로 돌아와
아픔의 실금들이 몸 안에 켜켜이 쌓이면
어느새 차가운 유리인형되어
사면의 유리벽에 갇혀 있었어

아홉수

아홉수가 뭐,
답답함의 극치지
꽉 막힌 하수구
넘칠 듯 냄새나는 구정물
구석구석 풀지 못한 걱정거리
아홉

약지 하나
겨우 비집고 들어간
불안의 자리
구(9)

터질 듯 터질 듯
막간 곳까지 가서
바늘구멍으로 피식 숨죽어버린
구(九)

블랙홀 찾아 힘차게 달려가는
은하철도 구)구)구)
  은하철도 九)九)九)
    은하철도 9) 9) 9)

비만肥滿

나이 더할수록 몸은 이물질로 변해
펑퍼짐하고 무의미한 물렁통으로
자리매김하며 분주하게 끌려 다니는
몰골이 건물 유리벽에 비춰진다

쳇바퀴 돌 듯 몸을 굴리면
하루의 폐기물이 재활용될 것 같아
몸에 숨긴 것 중 쓰레기로 변심한
애인은 신경질로 찾아와 혈압수위 높이는데

세월 실어나르는 아둔한 발걸음은
기름 낀 내장 악취 지우기 위해
화학색소와 자연향 혼용으로 버무린 젤타입
크림을, 기름진 살에 펴 바르거나 뿌리고

환승버스 정류장으로 헐떡이며 달려
눈 앞이 캄캄하고 어지러운 순간
버스는 저만치 떠나가는데

문이 열리면

바람 봉지 터지듯
유명 메이커들이 쏟아져 나온다
저마다 식성 찾아 배회하는
사냥의 눈빛으로 포획거리는 충분하다

타인의 시간을 운반하는 인조인간
상점여인의 화려한 색조화장
냄새 찾아 기웃거리는 허기진 하이에나
잡식성이라 닥치는 대로 물어뜯는 임플란트

거대 암벽을 기어오르는 백화점 빌딩
사이로
헬멧 쓴 짐꾼들이 담쟁이처럼
기생하여 숨차게 기어오른다

나의 미래

밑 닳은 고무냄새
타들어 가는 발바닥
희망 담긴 연장통은
가는 길목마다 버려져 있어
몰타르와 버무려진
낮 뜨거운 아열대 기후
끝간 줄 모르는 환락의 반환점
돌고돌고 돌아도 길 위에 나 앉은
잡식성 차들의 트렁크에서
다 쓰고버린 피임기구들
자신이 가진 모두를 팔아
못 박아 놓은 문패
끝 없는 끝을 잡고
끝없이 달려가는 자본의 미래

갱년기

풍선 바람 빠지듯
살이 쪼그라 들고
키가 오그라 들고
손마디가 굵어지면서
한쪽으로 삐딱하게
쏠리듯이 걷는다

모난 것은 닳아 주름이 되어
마른 소가죽 같은 나잇살
변기 앞에 한참을 면벽하듯 서 있어야
북채로 아랫배 두드리듯 해야
똑똑 떨어지는 잔뇨감

틀니 놓인 자리에서
사람의 훈기 빠져 나간다

오락 게임

나를 무시하는 놈은 다나와

두두두두!
외, 무너져 죽었어

다다다다!
로, 떨어져 죽었어

뚜루루루!
움, 박살나 죽었어

퍽 퍼픅 퍽!

산 넘고 물 건너
이리 뛰고
저리 뛰고

아버지의 거시기 총으로
퓽퓽——
탕탕——

붕붕 날아다니는

나는야
초인!

옥상광고

새가 날지 않는 것은 하늘이 병든 것이다
산등성이 걸려있는 구름이 병든 것이다
툰드라의 얼음이 녹아 흰곰의 집들이 떠내려 오고
그 해골의 어금니로 공예를 깁는
성형애인의 메니큐어 바른 손이 도시를 디자인 한다

박제된 새들의 공원에서 로봇기계 타는
아이들의 조막손에 새들의 먹이 감춰져 있어
시멘을 쪼으고 있는 새들의 부리로
비실비실 웃음 팔아 먹이를 구걸하고
둥지도 없이 빌딩 처마 끝에 잠을 청하는
새들의 난간으로 숨어드는 도둑고양이 발톱같은 한기
아침이 와도 날고싶은 새들의 욕망은
옥상 광고탑 화면 속에 갇혀 푸덕거린다

튼튼 영어

초등 3학년 딸아이 '튼튼영어'
배우고 싶어 엄마에게 보챈다
−일주일 한 번 집에 온대
−우리 반 애들 거의 다 배운대
−우리말 받아쓰기도 잘 못하면서
−영어는 또 무슨,

세면장으로 날아드는 카랑카랑한 모녀의 말소리
피아노, 미술학원, 과목 공부방,
또, 영어학습까지 하면 학교는 왜 가노?

이틀 전 연체 중인 카드 오려서 버리고
골치 아파 머리 감는 중

거품으로 흐려진 눈앞의 기물에
−DOVE −도브
−moisture milk shampoo
−모이스쳐 밀크 샴푸
−therapy −테라피
−심하게 손상된 모발용
−힘있고 탈력있는 머릿결
AMORE−태평양

E MART-대한민국 1등 할인점

Shift ; 사이좋게 웃으며 어깨동무 하는 중

독도——다케시마
독도——다 케지랄
독도 다 뺏기고 케지랄

孤養而 時間

고양이 발톱을 감싼 폭신한 융기털
주인없는 빈 집 설움의 악취 찾아
예리한 발톱세워 외롬을 조각한다

알람 먹이통 멜랑꼬리 음률 따라
사료알 쏟아지면 먹기 싫어도
먹어야 하는 혼밥의 시간

늦은 밤 발자국 소리 현관이 열리고
격한 감정의 인사 나눈 뒤
피곤하다며 침대 찾아가는 孤養而 집사
멍하니 지켜보다 다시 외톨이 되어
높은 창틀 뛰어올라 가출하고 싶어

저 바깥 길은 무슨 궁리로 술렁일까
눈 날리는 뒷골목 파양 당한 냥이들
아르릉 아르릉 소리내어 어둠의 책 찢어
새벽 잠 깨워보지만
문 밖으로 던져지는 孤養而 時間

3부
못

모난 것은 살아 있다

지금, 여기 살기 위해
최소한의 가치를 뜯어먹고 살아야 해
나를 무시하고 존중하지 않는 너에게
지구는 둥글다고
자신이 속한 그 자리가 세상의 중심이라고

세상 모두 동등하게 살아가라고
비와 바람, 번개, 천둥이 뾰족하고 모난
것을 갈아 둥글게 마모시키는 일을 하는구나

미세한 티끌도 현미경으로 관찰해 보면
아직도 살고싶은 욕망이 남았는지
표면이 울퉁불퉁 거칠다

나도 죽을 때까지 둥글게 깎이고 마모되다가
끝내 둥글지 못한 모서리로 사라지겠지

까끌한 티끌들이
혼동 속에서 엎치고 덮쳐 뒹굴다가
물과 바람, 태양의 입김으로
지상 어디 새롭게 태어나면

>

해와 달의 눈에 잘 띄는 난간 한편에 자리 잡고
잠시 주인행세하다 사라질 것을

사과를 깎으며

사과를 깎는다
사각, 사각,
긴 밤
허전한 입 달래려고

어디선가 밤 깎는 소리 들린 듯 해
겨울밤 막장드라마에 빠져 있는
아내에게 물어 보지만
시신경 마비 증세로 안 들린단다

사과의 속살처럼
누군가 밤(夜)의 표피를
하얗게 깎고 있는데

하얀 육질 한입 베어 물면
입 안 가득 액즙에서 시그러운
새벽의 맛

아침이면 하얗게 깎인 밤을
사람들은 저마다
아삭아삭 깨물어 먹겠지
하루의 액즙
생각만 해도 침 넘어간다

못

전혀 다른 너와 내가
수명 다하는 날까지
의지해서 살아가라고

타인의 몸에서 살아가기 위해
자신을 삭이며 버리는 것이라고

서로의 몸과 마음에서
손톱처럼 삐져나온 뼈마디

바람의 시간을
견디기 위해
어금니 악다물지만

삭아지는 녹처럼
지상 한 켠 붙잡고 사는
나는 못이다

回
— 입속의 입

한자 '입 구'는 작은 네모인데
큰 네모는 '에운담 위'라 한다
사람을 담안에 가둬두면 감옥생활 한다는 뜻인데
고래 입속으로 빨려 들어간 요나*는
囚人번호 몇 번 일까

에운 담 안에 입 구가 들어가면 '돌 회'가 되는데
우주의 울타리 안에 행성들이 바글바글
지구의 울타리 안에 인간들이 바글바글
돌고도는 세상 입맛 떨어 질 때까지
무엇이든 뜯어먹어야 살아남아
먹고 마시는 것은 오감을 느끼며 씹는 것이라
몸과 마음이 숙성시켜서 뱉어내는 오욕의 노폐물
소화되지 못해 입으로 배설하는
세속의 언어는 구역질이 난다

요나*는 고래 입속으로 빨려 들어가
뱃속에서 삼일 밤낮동안 질식과 공포에 휩싸여
세속에서 잘못 먹고 산 것을 회개하고
하느님의 은덕으로 겨우 살아나와
–함부로 먹지 마라
–절제없이 먹으면 죄 된다

-굵은 베옷 입고 세상에 외치는데

AD 0000년, 오늘
지구의 담안에서 몸과 마음 지쳐 쓰러질 때까지
둥근 지구를 갉아먹고 둥근 달을 갉아먹고
입 속의 입에서 뱉어내는 모함의 웅변술로
몇 마리의 물고기가 오병이어** 기적처럼
하늘 나는 비행기가 되고, 버스가 되고,
지하철되고, 말씀으로 먹어치운 욕망의 부산물
과대망상 비만함으로 어디 입 하나 붙어 먹기 위해
입 속의 입으로 찾아들기 분주한 날

* 성경구약, 요나서
** 예수님 기적

어둠, 사용 설명서

너의 경계에서 유채색이 사라지는 것은
보편의 꿈을 위한 휴식의 자리
검은 비로드 천에 휩싸인
여인의 몸은 태허의 땅

품속 아귀 힘에 이끌려
혼돈의 호흡 속으로 빨려 들어가
깊은 수면의 바닥까지
찐득 찐득하고 물컹한
검정 속살은 적막의 뼈를 감싸고

낮잠 속 꿈은 암흑의 현신일까
노동으로 살아가는 불면의 뿌리가
어둠의 뼈까지 이어져 있어
일의 숭배자들이 어둠에서 깨어나
현란한 춤으로 밝음과 어둠의 경계를
희석시키려 몸부림친다

그대여
고요를 원한다면 등잔을 켜지마라

별

— 故 이인숙 시인을 추모하며

원래 별들의 자리는 우리가 원해서 살던 자리
하늘에서 살던 현상이 땅의 현실이 된 것이다
현상은 땅에 내려와 관념의 건물로 지어진다
하늘에서 살던 꿈들을 회상하며
사람은 죽으면서 관념의 옷에서 빠져나와
즉물적 꿈으로 환원되는 혼魂만이
천상의 별이 되는 것이다

낮엔 햇살처럼 태양의 광선이었다가
밤으로 나타나는 별들의 미소
원시 밀림의 밤
하늘에 사는 별들의 눈빛과
숲 속 짐승들의 눈빛이 서로 만나 교감하는 생명은
죽어서 분해되는 육신만이 땅에 남을 것이다

이 밤
별 하나의 섬으로 빛나는 하늘 문패의 집에서
잊힌 사람의 모습이 다시 살아 눈빛 반짝인다
눈앞에 보이지 않는다고 인연이 소멸된 것은 아니다
인간이 만들어 가진 것들만
여기 관념의 쓰레기로 남아 땅에서 나뒹굴 뿐
땅에서 사라진 모든 것은
다시 하늘로 돌아가서 사는 것이다

기호로 진열된 거리

낮과 밤은 우리가 돌봐야 할 양면의 집
껍질을 깨고 나가면 길마다 장마당이 서고
쓸개를 짜내기 위해 쇠틀에 갇힌 반달곰
어제 살아있었던 이름들의 사라진 도살장

붉은 등 켜진 푸줏간의 진열된 살코기
양장옷 입은 개들은 장난감으로 팔려가고
순간의 생각들이 상품으로 진열된 거리
길 잃고 헤매이는 사생아 고양이들
도시로 침몰한 멧돼지는 신호등을 들이받고
식육식당 주방으로 쳐들어가 먹이 찾다 사살되어

남산 터널 빠져나온 470번 간선버스
다섯 번째 정류장에서
함께 살아온 개와 고양이만 내려놓고
현란한 간판 속으로 사라져 버리고는

지나는 행인을 일회용 먹잇감으로 인식하는지
구석구석 웅크린 무인 카메라
먹이 찾아 깨어나 살벌한 눈빛 겨루며
나의 약점 캐기 위해 끊임없이 달려드는데
나의 나이는 늙어서 더는 도망 칠 수가 없어

누가 나를 잊었나

떨어지는 낙엽이
지나가는 바람이
그 잘난 체 하던 녀석들이
나의 식구들이
나의 관념들이
나를 잊고 살아가는구나

가을은 여름이 아쉬워 쓸쓸해 하고
여름은 겨울을 잊어버리고
사방을 푸르고 거만하게
그렇게 잊어버린 몸의 자리에
또 한 세계의 봄은 오고
꽃이 피고 향기되어

그래, 잊힌다는 것은
세상의 거름이 되는 거다
그 잊힌 자리에서 자신의 살붙이가
푸른 싹 틔우며 태어나
종種이 되어 한 시절을 살고

그렇구나
누가 나를 잊은 것이 아니고
내가 누굴 잊어가고 있는 것이구나

티끌 + 혼돈 = 그림자

나는 정처없이 떠도는 티끌입니다. 누군가 툴툴 털면 미련없이 날아가는 한없는 가벼움으로, 싫고 춥고 아프고 슬픈 불만을 가지고 어느 곳에나 떠다니는 불순물입니다.

나는 혼돈입니다. 나와 같은 입자들이 모였다 흩어지고 덩어리되어 뭉칠 때면 온전한 실체로 거울에 비춰지는 존재어가 됩니다. 고유어와 존재어 사이 가면의 얼굴이 만들어 집니다. 서로 마주치는 대상은 상대의 분신이 되어 자신의 부끄러움을 알게 합니다. 부끄러움을 지우기 위해 고민을 하다가 자신을 포장합니다. 날마다 붙이고 입히고 칠하고 벗기더니 내가 아닌 나에게 또 하나의 이름이 부여됩니다

혼자인 내가 둘이 마주보고 있어 놀랍기도 하고 부끄럽기도 하지만, 이중의 힘이 생겨 후미진 구석에서는 기회를 적절히 번갈아 가며 세상에 대응하는 여유가 생겨서 순간을 살아가기 훨씬 더 가벼이 여기저기 떠돌아다닐 수가 있습니다

무정란이던 내가 유정란이 되어 나와 닮은 내가 수시로 태어나 나를 용기 있게 합니다. 어쩌면 여러 명의 내가 있어 세상이 다 내것으로 느껴질 때도 있어, 발밑의 일상이 너무 쉽게 하찮을 때도 있습니다

>

나로 둘러싸인 존재어가 두려울 때도 있습니다. 저들도 그림자의 주인을 끌고 살아가듯이 나의 이중성도 어느새 한 몸의 옷을 입고 살아갑니다. 지구의 중심을 딛고 썬 발밑의 그림자는 빛의 습성에 젖어 나와 함께 살려 몸부림치며 오늘을 살게 하려는 어렴풋한 마중물입니다

마술의 세계

관객들은 알고 있지
서로 속고 속아야 마술이라고
흰색과 검은색은 자웅동색이라며
마술을 거는 자본의 세계

원근법과 입체기법 등을 자연에서
오려내어 문화사조라며 마술의
기본을 외우게 하는 입시학교
목 잘린 장미를 포장해
만남과 이별의 기호품으로
선물하는 플라스틱꽃 전시장

교란과 가증으로 현실보다 더 화려하게
포장하는 여의도 원형지붕 금뺏지의 마술
고양이와 개를 사람처럼 옷 입히고
삼시 세끼 밥상 위에 초식동물과 생선의 살을 놓고
–오늘도 일용할 양식을 사기치게 하소서
고양이와 개들에게 기도하며 사는 마술의 세계

농경 시대 살아계신 우리의 신을
우주과학 시대 사멸한 잡신을 불러내어
우리의 왕이라며 머리 조아려라

원하는 것을 내놓으라며 내놓지 않으면
가슴에 못 박으며 자신이 곧 신이라며
수리수리 마술을 거는

글로벌 네트워크 세계화 시대
히말라야 설산이 무너져 내리고
남극 빙벽이 녹아 내리고
북극 곰들의 터전이 사라지는
절묘하고 신비한 마술의 세계

수신인 불명

손바닥 만한 경비초소
나비 한 마리 날아와 앉네

하늘길 잃고 날개 파르르
발 끝에 묻은 꽃길 생각하는지
꽃대궁에 앉았던 시침실 같은 다리가
뜯어진 방충망 기워 대더니
휘어진 노인의 마른어깨 옮겨앉아
바깥 길내음 맡아 보지만
그도, 문명에서 버림받은 우체통처럼
외진 초소에 갇혀사는 수취 불명인

나비는 날개를 펴지 못해
우표 그림으로 붙어 있다
언제쯤 나비의 길 찾을 수 있을까
우표 속 날개무늬 해독하려 하지만
패스워드 암호의 실명확인 불일치로
연경동 보금자리택지 경비초소에 박제되어 있어

길의 교향곡

오선지 같은 길위에서 콩나물 대가리들이 화음을 낸다
온음, 사분음, 팔분음, 십육분음, 삼십이분음,
둥근 발통의 꼬리달린 음표들이 제각각 소리를 끌고
시끄럽게 굴러가는 자본의 몸통 따라
난전에서 피어나는 쌍욕거리 불완전 음계를 밟고
오선지 사이 달리는 차선이 어지럽다
잘난 체 떨어져 사는 온음표, 날카롭게 신음하는 비브라토
온쉼표는 실연한 사람들의 마음을 진정시키려고
피아니시모 가게에 들러 위로용 물건을 고르고
안단테 의자에 앉아 신경정신과 진료를 받는다
그 옆 포르테 빌딩의 엘레베이터는 칠옥타브 음계를
타고 단숨에 10층 20층 30층 메조포르테 라운지에 올라
나폴레옹꼬냑과 안주를 시켜놓고 오늘의 향음을 달랜다
천천히 빠르게 매우 빠르게 합창하는 뮤지컬 배우

씨앗의 탄생

부석사 오솔길 옆 사과밭 즐비하다
여름땡볕 먹고 붉게 익어가는 풋사과
가슴 속 씨앗 여물도록
날마다 비만으로 살 찌워
가지 끝에 매달린 심장소리 붉게 울던 날

툭, 땅의 중심으로 떨어져
세상의 길따라 어디론가 굴러 가서
재래시장 길바닥에 얼굴 다 내놓고는

입 안 가득 사과 맛을 음미하기 위해
젖살 깨무는 이에게 온몸으로 공양하며
어린 씨앗의 미래만을 걱정하지

베어먹고 버린 꼭다리에서
까만 씨앗 눈이 웃는다

카톡, 카톡,

너의 번호에 갇혀
기호와 기호가 스파크를 일으킬 때
일의 함수를 만들고 삶의 풍경을 만든다

사라진 전화선은 사람 몸에 장착되어
우울의 신경선으로 예민하게 혼선을 일으키지
더 친밀하고 세련된 촉감으로
손 안에 둥지 틀어 하루 구만리 날으는 붕새*

진동이 오거나 음이 울리면
기도와 식도를 타고 말초신경까지 전류가 흘러
구리선에 묶인 나를 감금하며 감정까지 간섭하지만
나를 구속하는 너에게 법적 심판은 없어

서로 등 붙이며 살지만 섬으로 떠도는
허공 주파수에 뒤엉켜 구만리 장천 휘덮어
지구를 품어 산란하는 대붕大鵬의 원대한 날개짓

화를 내면 말초신경 일부가 과부하 걸려
격하게 반응하며 손안에 둥지 틀고 사는 너에게
말을 걸어 물어보고 해결의 앱을 깔아 답해야 한다

>

– 카톡, 카톡, 카톡톡 ——

大鵬의 울음소리에 온몸이 감전되어

지금도 속절없이 세뇌 당하고

* 하루에 구만리 날아간다는 전설의 새, 붕새 또는 붕조

뿌리에게

너는 모르지
땅 속 숨어사는 근원이 하는 일을
낮이면 빛을 찾아 하늘 솟구쳐 올라
밤이면 잠자는 아이들의 숨소리 들으며
약속의 땅에 태어난 기쁨은 이런 거라고
어둠 속 살아가는 달과 별에게
전혀 부끄럽지 않은 눈빛으로 말하지

꽃들이 피어나는 지구살이 축복은
이 땅이 기름져야 하고
공기가 맑아야 하고
물은 땅속 근원의 입김으로
솟아올라 선한 마음의 끈을 이어
아랫길로 흘러 가는데

맑은 기운의 뿌리에서
정령들이 깨어나 아이의 꿈을 잉태하면
땅에서 피어오르는 저 아지랑이 속에 감춰진
신파의 묘약들을
지상에 흩뿌리며 들숨으로 마신
유한의 시간을 모든 이가 빌려
잠시 살아가는 피조물의 낙원

>

성장을 향한 미숙의 조급함에서
욕망이 움트고
설익은 사랑으로 인한
마주침에서 서로 얼굴 붉히며
그로 살아있음을 확인하는 순간
두 발로 서있는 이 곳이 축복의 땅이며
모든 뿌리의 시작과 끝인 것을

소금

태양이 흘리는 땀과 눈물의 노폐물

땅에 떨어지면

따뜻한 볕이 되어
하루를 꽃피우는
빛의 땀방울

바다에 떨어지면

욕망을 어루만진
그 후유증으로
죽어가는 물의 상처
아물게 하는
빛의 눈물

태양의 노폐물로 조제된 태초의 靈藥

4부
水

삼월애 三月愛

나이 먹어 시든 사랑
감정 무뎌서 떠난 이별
나만 알아달라 떼쓰다 모두 떠난 그 자리
이젠 병들어 이 몸 어디에도 머물 수 없어
너무 가득차서 어디 쑤셔넣을 때도 없는

휑한 그 자리 지지배배 지지배
이역만리 비바람 먹구름 뚫고
봄바람 살랑대는 삼월 삼짇날
강남 꽃편지 가슴에 품고서
또 한번의 사랑을 꿈꾸는 이에게
입으로 수 천번 물어나른 점액질로
그대 안에 사랑의 초석 놓는 날

환희의 지저귐으로 알을 까고 새끼 치고
허공을 박차올라 먹이 물어와
부화한 새끼 입에 새겨주는 삼월애

사랑 찾는 제비들이 둥지 튼다

日出

오늘의 책을 저술한 작가는 위대하다
햇살의 펜으로 써내려 가는 금빛 자서전
누구나 페이지 열면 순금의 시간으로
빛나는 여백의 숲

유한의 촉으로 성취의 줄 그으며
태양의 빛실로 순명의 결 기워
길마다
잘 맞추어진 글칸 같은 사람의 집

『탈무드』의 뒷장처럼
오늘이란 여백이 배달되는
이 아침
쓰고 안 쓰고는 당신의 자유의지

연작 시리즈로 날마다 출간되어
자신의 책꽂이에서 노을 져 사라지는
오늘의 책을 써내려간 저술가
마지막 여백의 끝은 그대가 날인한다

풀잎 살이

애인아,
밤의 부피가 나를 억누르면 네가 더 생각난다
어제, 네가 성난 듯 떠나 갈 때
다시 돌아보지 않는 뒷모습이 가슴 아프다
내 사는 곳에 네가 함께 있어야 나는 살 수 있어
애인아,
그 꿈같은 시간은 가고 현실인 내가
네 앞에서 초라한 잡풀인 채로 말라가고 있다
네가 꿈꿔온 이상과 내가 가진 현실은
너무나 터무니 없음을 알고 구름 속에
감춰둔 네 속의 불안을 빗물로 떨구면
하찮은 풀잎의 가슴에 시퍼런 멍이 든다
애인아,
너를 만나고 너와 손잡고
세상의 빛이 나에게도 비춰짐을 알게 되었어
아침 이슬의 부피가 얼마나 안온하고 따뜻한지
얼마나 부드럽고 매끄러운지
햇살의 무게가 얼마나 무겁고 힘이 센지
너로하여 알게 되었지
애인아
지금 밤도 무르익은 검푸른 새벽의 낯설음
네 입에서 먼저 내뱉을 단어

붉게 타는 사랑의 용수철을 내 심장에서
꺼집어 내어 진흙 속에 던진다
푸른 정맥으로 튀어오르는 이별의 상형문자
창백한 풀숲 헤집고 삐져나온 한마디 말
-다만, 숲에서 소외되지 않게 하소서.

순천만

강 같은 포구에 긴다리 황새
어디 솔밭 보금자리 찾아
황혼 속으로 날개 차올라
흥건한 욕망 주머니 풀어 던지고
물 속 살아가는 어류들의 유영처럼
뭍에서도 분주한 억새 같은 사람들

억새밭 은밀한 약속은 바람에
튕겨올라 허공중에 발설하고
육지와 끊긴 무인도의 길을 이어
사랑 찾는 새들의 노래

뱃고동 울리며 몇 날 만에 기항하는
어선들의 어깨에 피곤의 깃발 펄럭이며
땅 밟는 어부의 한숨소리
어판장 경매가에 희비가 엇갈리고
다시 바다로 떠나는 어선들의 뱃머리에
희망의 닻 올린다

만선으로 돌아오라며 손 흔들며 배웅하는
순천만 갈대숲의 몸 부비는 소리

동촌 유원지
— 어느 커피점 테라스

너와 내가 여기앉아 이야기를 마신다
노릇한 표징의 빵을 뜯으며
무디한 모카속을 말과 씹으며
언어의 식감을 음미한다

강물로 출렁이는 창가
물결 위 볕살에 나뒹구는 언어들의
낱알갱이 맞부딪히어 눈부신 날
강변 걸어가는 저 이야기 끝자락에
인연의 꽃몽오리 흐드러지게 피는 날

실금처럼 우러나는 찻잔의 물결따라
내면의 감정이 수초처럼 일렁일 때
선택받지 못한 혼족의 무거운 몸
소파의 온기에 외로움 묻고
드뷔시의 달빛* 음계 따라
어둠이 짙어가는 유원지의 불빛 속으로
유람의 물결 출렁인다

* 프랑스 시인 베를레느(1844–1896)의 시에 영감받아 만든 피아노 곡
(중략) 슬프고 아름다운 달빛, 숲 속의 새들을 꿈에 젖게 하네
대리석 분수가 내뿜는 한 줄기 물은 황홀히 흐느끼네

유월을 전지하다

말로 하다 안 되니
이젠 잘라 내는거야
이 푸른 세상을
푸릇 크는 아이들을

옹기종기 무리지어 하늘 우러러
내일을 살고싶어
기도하는 아이들을
왜, 솎아 내는거야

잘린 햇순 풀밭에 널부러져
쇠갈고리로 끌려 갈 때
함께 몸 부비며 살아온
풀벌레의 울음소리

어린 유치에 교정틀 끼운
유월의 미색 잇빨이
햇살에 찔려 눈부신 날

홀로 피는 꽃

너의 부모는 어디 있니
너는 왜, 블록 틈에 피어나
구둣발 소리에 가슴 콩닥 콩닥
온몸이 짓밟혀 문드러질까봐
밝은 날을 떨며 살아야 하니

엄마는 없더라도 아빠는 어디 갔니
너보다 좀더 우람한 키높이로
네 옆에서 보호해 준다면
네가 덜 위험할 텐데

알고싶구나
시멘 틈에서 홀로 피는 이유를
행여
운명이라고 말하고 싶겠지

아니야
너를 저울질하는 내가 홀로여서
홀로인 내가 외로워서
내 눈에 즈려 밟히는거야

겨울 나무

손 없는 나무는
하늘을 만지지 못한다
바람을 만지지 못한다
아무것도 잡을 수 없어서
손에 쥘 수가 없어서

새들이 날아와 앉아도
품어 줄 수가 없어서
잠시 서성이다 떠나버린다

푸름을 앗아간 저들의 만행
한 해를 백년같이 살아낸
마지막 잎새를 추도하며
일용직 잡부의 붉은 손들이
된바람에 떨어져 길위에 흥건하다

외로 떠는 나무는
송곳 같은 촉수로
허공을 찔러 보지만
구멍난 하늘에서 낙엽의 설움 같은
된서리 내린다

수직의 나무처럼

수평 위의 수직은 바람을 거부한다
지구의 자전을 막으며
자신의 영역만을 세우기 위해
높이 더 높이 각을 세운다

수직의 벽에 바람이 갇혀 몸부림 칠 때
그 음지쪽은 죽어가고
그 죽어가는 익명의 냄새 찾아
숨어드는 까마귀 떼

수직은 존재들의 자존심으로 세워지는 벽
차라리 수직의 나무처럼 둥글게 바람이
감겨 지날 수 있게 세울 수는 없을까

목련

알함브라 궁전의 가등街燈이었을까

겨울궁전 쓰고버린 장식으로
훤칠한 뼈대만 덩그러니 방치되어
봄의 초입 알리는 백열등 빛이 환하다

아라베스크 신전 히잡 쓴 여인들
시절의 흥망성쇠 떨어지는 꽃모가지
바람옷에 피어나는 여인의 살내음
하늘한 옷깃 사이 우유빛 젖몽오리

침탈의 수모 견뎌야 했던 절세가인의
가슴 아픈 전설이 꽃으로 피어
이른 봄 며칠 주변 빛이 훤하다

나이테

피는 나지 않고 뼈만 뿌러졌습니다

마른 가지라 물기도 없이 속절없이 부는 바람에 우두둑

주변 모두가 놀라 소리쪽으로 방향을 잡고 잠시 흐름을 끊습니다

그러다가 차츰 물은 흐르더군요

바람도 쉼없이 불고요

물과 바람을 안고 살아가다 어느 날 저들이 빠져 달아나 버리면

생채기 난 자리에 주름이 패이더군요

꺾어진 허리춤으로 세월의 속살을 물결로 퍼뜨리며 여기 저기

낮은 데로 흘러 높낮이 없이 고요를 꿈꾸더군요.

가을 눈물

젊음은 그렇게 수이 왔다
흙으로 녹슬어 가는가

마디마다 우두둑
으스러지는 뼈소리
팔순 노모의 골다공증 소리

갈 길 잃어 헤매이는
나그네의 벤치에
이국의 영토 같은
이태원 거리에

뚝뚝 떨어지는
눈물
눈물
눈물

水

손 씻으면 손 사이로 흘러내리는
각지거나 모나지 않은 둥근 살점
동글동글 미끄러지는 민살의 매끄러움
똑똑 떨어지는 순정의 각질

천상의 기질을 가진 너는 서로를 알아보며
낮고 낮은 골 찾아 화해의 물길 만들어
풀이나 나무나 돌이든 상대의 성질에 맞게
잘방잘방 몸 굴린다

아무런 조건없이
너를 깨고 부수고 먹고 마시는 이에게
어미 품속 같은 젖가슴 열어
배불리 먹이며
上善의 자식으로 키워가는 모성애

무화과 無花果

아직 꿈의 세포가 살아 있기에 이 밤도 편히 잠들 수 있다
잠 속 꿈에 빠져 창세기 애인 만나 무화과 따먹고
헐벗은 가난이 죄의식으로 느껴져 새벽 품팔이 나간다

꽃 피울 수 없는 잎들의 날은 슬프다
적막 속 어둠은 말 못할 사연의 별들만 모여 반짝인다
숲 속 난장이는 밝은 날이 두려워
어둠을 틈 타 부지런히 노동한다

알람소리에 놀라 잠에서 깬 하루살이
하루의 부역 위해 남구로역 앞으로 몰려들어
여왕개미 먹잇감으로 개미지옥속으로 빠져 들 때
내 앞 순번에서 일감 끊긴 품팔이

공복의 일상으로 술 마시고
한낮을 빈둥대며 누렇게 익어가는 떡잎
가난한 영혼만이 하늘과 직접 소통할 수 있다*는
시립도서관 어느 책꽂이 그림에서 허기 채우고

기원전 애인을 만나기 위해
하루살이 숨어드는 뒷골목 고시텔의 밤
창세기 꿈을 위해 헗어터진 과육의 몸 떨군다

* 화가, 빈센트 반 고흐

추억

잔잔한 호수에 돌을 던지면
초인종의 울림처럼 떨림이 인화되어
물 속 숨어있던 판화 같은 회화繪畫가
공회전하는 물의 부대낌으로 흙탕질이다

수면위로 떠오른 사연마다
지느러미 꼬리표 달고
먹이를 발견한 잉어떼처럼
웅성웅성 아가미 벌름거린다

성급한 치어부터 낚시바늘에 걸려
지느러미 파닥이는 은비늘 유희
수면 위로 낚아 채인
저 벌름거리는 아가미 속 숨막히는 사연들

가슴 지느러미로 물길 가르며 유년을 자맥질하다
한순간 추억의 바늘에 걸려 수면위로 파닥이면
수심 깊은 내면에서 살아온 은둔을 고백한다

오솔길, 그 집
— 용계성당 류재균님께

오른편으로, 겨울연못 햇살 머금고
밤이면 물까마귀 날아올라 달문여는 오솔길
왼편으로, 줄 썬 탱자나무 우듬지에
노란알 낳고 떠난 여름 추억 송알송알
흙에 묻혀 꿈꾸는 탱자열매 사잇길로
임 만나러 갑니다

몇 해 전 여름에 와서 뵈올 때
집앞 감나무 홍시 따 주시기에
그 홍시, 가슴에 붉은 등 켜고 살다
필라멘트 나간 칠흑 같은 가슴되어
다시 이 길을 찾아 듭니다.

천 일 지난 임의 모습 궁금합니다
이 길 끝에 슬리퍼 끌고 나와 계실 임
몸 태워 온기 주는 연탄난로 위에 한 해 동안
비와 바람과 햇살로 자란 감자 고구마의 살익는 향기
계피차와 홍시가 찻상 위에 차려지고
허겁지겁 입으로 가져가는 나의 허기를
측은함으로 보지말아 주세요
이기적이라고 탓 하지도 마세요

>

언제나 임의 가슴에 품어사는 미운 오리새끼
당신께서 목까지 삼켰다 내어주는 말씀 받아먹고
집 앞, 명경 같은 연못 얼음위에 꽥꽥꽥
빨간 부리로 사랑의 무늬 쪼다 떠나겠어요

그 사람

갈 길은 까마득 한데
막막함이 앞을 가려
혼자 덩그러니
먼 산 보고 있을 때
찾아오는 그 사람

지폐가 쓰여지지 않는 고독의 길로
안내하는 무지랭이 순례자여
숨은 진실 일으키는 무한 힘이여

오로지 진리를 밥으로 삼키는 이여
음식에서 맛 볼 수 없는 향미가
위장 가득 충만할 때
모국어로 배설되는 순수의 거름이여
응달 거름위에 피어나는 영원의 가피여

해설

새로운 기회와 힘의 무대에서 더 나은 삶을 확산하다

– 손익태의 시 세계

권 온 문학평론가

새로운 기회와 힘의 무대에서 더 나은 삶을 확산하다 – 손익태의 시 세계

권 온 문학평론가

예술가의 삶과 예술 작품 사이에는 어떤 상관성이 있다. 시인의 삶과 시 사이에도 관련성이 있다. 손익태의 시 역시 시인의 삶과 무관하지 않다. 그의 시는 자신의 삶이나 인생과 긴밀하게 연결되어 있는 경우가 많다. 시인은 삶을 녹여서 시를 형상화하는 경향성을 보이고 있는 것이다. 현재 육십 대 중반을 넘어서는 손익태의 인생은 결코 녹록하지 않았다. 부친 사망, 서울 상경, 폐결핵 귀향, 만성폐쇄성 호흡기 3급 장애판정, 무료 시 강좌 입문, 문학동인 결성, 동인지 발간, 방통대 국문과 입학, 결혼, 득녀, 모친 사망, 시인 등단, 귀촌 등 그의 인생 여정은 상당히 드라마틱dramatic하고 스펙타클spectacle하다. 시집 『모난 것은 살아 있다』는 손익태의 첫 시집으로서 우리는 여기에서 「아침 항구」, 「유튜브」, 「백세 요양원」, 「나의 미래」, 「갱년기」, 「오락 게임」, 「옥상 광고」, 「모난 것은 살아 있다」, 「마술의 세계」, 「뿌리에게」, 「목련」, 「水」 등 12편의 작품을 중심으로 시인의 시 세계를 살필 예정이다.

새벽에 퇴근해서 현관에 들어서니
가족들의 신발이 항구에 묶여있네

식탁에는 삶은 호박잎, 생된장찌개
안해 마음 묻어나는 초여름 훈기
비린 풋내 피어나는 거실을 지나
안방 가득 여인의 정수리 냄새
창 너머 소정원에 낯익은 꽃송이들
머리 풀고 비 맞으며 물의 음계 두드린다
새벽잠 깨우는 세탁실 알람 소리
좇아가서 빨래를 꺼집어 낼 때
잠에서 깬 아이들 아침 입 냄새

어둠 바다 헤치고 가장이 귀항하면
항구에 묶인 배들은 하나 둘 출항하네
–「아침 항구」 전문

손익태는 이 시에서 "가장"으로서 등장한다. 그는 여기에서 "안해(아내)" 또는 "여인"과 "아이들"에 주목한다. 남편과 아내와 자녀들 곧 "가족들"로 구성되는 단란한 가정이 오롯이 떠오른다. 시인은 가족들이 거주하는 공간으로서의 집을 "항구"에 비유함으로써 이번 작품을 신선하고 특별하게 규정한다. 그는 가족들의 "신발"을 "배들"로 규정하고 출근이나 등교를 "출항"에 비유하며 퇴근이나 하교를 "귀항"에 비유한다. 손익태는 우리가 살아가는 사회를 "바다"에 비유하고 각자의 집 또는 가정을 "항구"에 빗댐으로써 독자들의 상상력을 효과적으로 증폭한다. 또한 “풋내”, “정수리 냄새”, “아침 입 냄새” 등으로 이어지는 후각 관련 표현과 “물의 음계”, “세탁실 알람 소리” 등으로 연결되는 청각 관련 표현을 제시함으로써 감각을 극대화한다. 그리고 “어둠”→“새벽”→“아침”으로 이어지는 이 시의 시간 흐름 역시 매력적이다. 끝으로 박목월의 시 「가정家庭」과 견주어서 읽어보아도 좋을 일이다.

침대 방향에 대해 吉凶 설명하는데
구독, 좋아요, 부터 눌러 달란다
미신인지 과학인지 믿지도 않으면서
끝까지 창을 띄워 잠자는 방향을 바꿨다

귀가 크면 남의 말 잘 듣는다드니
귀 얇게 살아온 耳順의 나이
얇은 지갑이라 뱁 꼬랑지만 쫓아가다
인생 저물어 버렸어

(……)

며칠 째 귀신몰이로 잠 못 이뤄 든 생각
이제는 귀 얇게 바람에 흔들리지 말고
어둠과 친해져서 어둠으로 살고
밝은 날은 밝은대로 흙 뒤집으며
흙과 친해지는 연습 해야지
–「유튜브」 부분

아마도 현대 사회에서 가장 강력한 영향력을 발휘하는 미디어 중 하나는 "유튜브"일 것이다. 예순 살을 넘긴 시인 역시 예외는 아니었나 보다. "미신인지 과학인지 믿지도 않으면서", 유튜버의 조언대로 "침대 방향" 또는 "잠자는 방향을 바꿨"기 때문이다. 손익태는 "인생"을 돌아보면서 스스로를 "귀 얇게 살아온 耳順의 나이"로 규정한다. 자신이 '용의 머리'가 아닌 "뱀 꼬랑지만 쫓아가"던 삶을 살았음을 고백하며 반성하고 성찰한다. 그는 작품의 마무리인 5연에서 더 이상 '얇은 삶', '흔들리는 삶'을 고집하지 않겠다고 선언한다. 시인은 "이제는", '두꺼운 삶', '굳건한 삶'을 영위할 것임을 밝힌다. 손익태는 "어둠"이나 '밝음' 또는 "흙"을 수용하면서 근원으로 회귀한다. 결론적으로 죽음에 순응하고 죽음을 준비하는 웰 다잉well-dying으로서의 삶이 여기에 있다.

살점 패인 돌들이
뼈만 남은 돌들이
눈이 움푹 꺼진 돌들이
징에 쳐 맞은 돌들이
유방 잘린 돌들이
무릎 꺾인 돌들이

발도 없이
말도 없이
가슴 짓밟히며
요양원 마당에 깔려있네

(……)

한 세월 살아온 연륜은
물과 흙의 주름살 되어
기력 없는 눈빛으로
물의 귀를 달고
돌의 신음소리 듣는다
–「백세 요양원」 부분

언젠가부터 우리 사회 곳곳에는 ‘요양원’, ‘요양병원’, ‘요양센터’, ‘실버케어센터’, ‘주간보호센터’, ‘노인복지센터’ 등이 우후죽순으로 들어서고 있다. 시인이 여기에서 주목하는 “백세 요양원” 역시 이와 같은 시대의 흐름을 적극적으로 반영한다. 손익태가 이 시에서 가장 집중하는 대상은 “돌들”이다. 독자들로서는 8회 출현하는 ‘돌들’의 연결어에 유의할 일이다. 곧 “살점 패인”, “뼈만 남은”, “눈이 움푹 꺼진”, “유방 잘린”, “무릎 꺾인”, “신음소리” 등, 돌들을 에워싼 다채로운 표현들은 돌들이 인간의 몸, 육체, 신체와 관련됨을 입증한다. 돌들은 “세월”이나 “연륜”과 이어지는 ‘노인’을 의미하는 것이다. 시인은 무생물에 속하는 돌들, “물”, “흙” 등을 활용하여 생물에 해당하는 노인을 대체한다. 그에 따르면 노인은 인간이라는 생물에 속하지만 돌이나 물 또는 흙 등의 무생물에 근접한다. 우리는 무생물을 활용하여 노인의 특성을 실감나게 묘사한 이 시를 기억해야겠다.

밑 닳은 고무냄새
타들어 가는 발바닥
희망 담긴 연장통은
가는 길목마다 버려져 있어
몰타르와 버무려진
낮 뜨거운 아열대 기후
끝 간 줄 모르는 환락의 반환점
돌고 돌고 돌아도 길 위에 나 앉은
잡식성 차들의 트렁크에서
다 쓰고 버린 피임기구들
자신이 가진 모두를 팔아
못 박아 놓은 문패
끝없는 끝을 잡고
끝없이 달려가는 자본의 미래
–「나의 미래」 전문

인간은 누구나 "나의 미래"를 생각하고 헤아리며 꿈꾼다. 손익태가 생각하는 자신의 미래는 "자본의 미래"와 다르지 않다. 그는 현대 사회에서 가장 중요한 대상일 수도 있는 '자본' 또는 '돈'을 외면하지 않는다. 시인이 포착한 '자본주의'는 "환락"이나 "피임기구들"로 대표될 수 있는 "낮 뜨거운" 성격을 지닌다. 손익태에 의하면 자본은 "돌고 돌고 돌아도", "끝없는 끝을 잡고/ 끝없이 달려" 간다. "자신이 가진 모두를" 쏟아야 할 만큼, 자본은 힘이 세다. 자본을 거부할 수 없는 '나', '너', '당신', '우리'의 이야기는 오늘도 계속된다.

풍선 바람 빠지듯
살이 쪼그라 들고
키가 오그라 들고
손마디가 굵어지면서
한쪽으로 삐딱하게
솔리듯이 걷는다

모난 것은 닳아 주름이 되어
마른 소가죽 같은 나잇살
변기 앞에 한참을 면벽하듯 서 있어야
북채로 아랫배 두드리듯 해야
똑똑 떨어지는 잔뇨감

틀니 놓인 자리에서
사람의 훈기 빠져 나간다
–「갱년기」 전문

인간의 신체가 '성숙기'에서 '노년기'로 이동하는 시기가 '갱년기'이다. 갱년기에는 신체 기능이 저하되거나 월경이 정지할 수 있다. 또한 생식 기능이 소멸하거나 성기능이 감퇴될 수 있다. '이순耳順'의 나이를 훌쩍 넘긴 시인 역시 갱년기의 불안을 경험하였을 것이다. 갱년기에 들어서면 "사람의 훈기"는 이제 "나잇살"이나 "잔뇨감" 또는 "틀니" 등 다양한 부정적인 뒤틀림에 도달한다. 곧 "풍선 바람"은 "빠지"고, "살이 쪼그라 들고", "키가 오그라 들고", "모난 것은 닳아 주름이 되어"버린다. 특히 1연 5행~6행 "한쪽으로 삐딱하게/ 솔리듯이 걷는다"라는 진술은 독자들에게 디테일의 리얼리티를 보여줌으로써 갱년기를 오롯이 재현한다.

나를 무시하는 놈은 다 나와

두두두두!
외, 무너져 죽었어

다다다다!
로, 떨어져 죽었어

뚜루루루!
움, 박살나 죽었어

퍽 퍼퍽 퍽!

산 넘고 물 건너
이리 뛰고
저리 뛰고

아버지의 거시기 총으로
퓽퓽 ——
탕탕 ——

붕붕 날아다니는
나는야

초인!

—「오락 게임」 전문

시적 화자 '나'는 "오락 게임"을 시도하는 중이다. '나'는 오락 게임을 통해서 자신을 "무시하는 놈"들을 쓸어버리고 싶었을 테다. 이 시의 2연 2행 서두, 3연 2행 서두, 4연 2행 서두를 연결하면 '외로움'이 생성되는데, 여기에서 외로움을 포함한 개인으로서의 '나'를 무시하는 놈들은 세상, 사회, 세력, 집단 등과 관련될 수 있다. 손익태는 "두두두두!", "다다다다!", "뚜루루루!", "퍽 퍼픅 퍽!", "픙픙——", "탕탕——" 등의 의성어를 적극적으로 활용하면서 대결 의식을 구체화한다. '나'가 "아버지의 거시기 총"을 들고 "산 넘고 물 건너/ 이리 뛰고/ 저리 뛰고", "붕붕 날아다니는" 상황은 오락 게임인 동시에 현실이나 삶이기도 하다는 점에서 유의미하다. 또한 손익태가 8연 3행에서 제시하는 "초인"은 외로움을 극복할 수 있는 우리들의 지향점이 될 수 있겠다.

새가 날지 않는 것은 하늘이 병든 것이다
산등성이 걸려있는 구름이 병든 것이다
툰드라의 얼음이 녹아 흰곰의 집들이 떠내려 오고
그 해골의 어금니로 공예를 깁는
성형애인의 매니큐어 바른 손이 도시를 디자인 한다

박제된 새들의 공원에서 로봇기계 타는
아이들의 조막손에 새들의 먹이 감춰져 있어

세멘을 쪼으고 있는 새들의 부리로
비실비실 웃음 팔아 먹이를 구걸하고
둥지도 없이 빌딩 처마 끝에 잠을 청하는
새들의 난간으로 숨어드는 도둑고양이 발톱 같은 한기
아침이 와도 날고 싶은 새들의 욕망은
옥상 광고탑 화면 속에 갇혀 푸덕거린다
–「옥상 광고」 전문

시인이 우선적으로 집중하는 대상은 '새(들)'이다. 6회 출현하는 "새" 또는 "새들"은 '자연'을 대표한다. 이 시는 '새'를 활용하여 현대인이 처한 '자연'과 '인공人工' 사이의 난처함을 보여준다. 오늘날 대부분의 사람들은 "새가 날지 않는", "도시"에서의 삶에 익숙하다. 언제부턴가 우리가 살아가는 터전에는 "병든 것"들이 증가한다. "툰드라의 얼음이 녹아 흰곰의 집들이 떠내려 오"는 것도 자연의 아픔을 드러낸다. 인간은 '과학'이나 '기술' 같은 '인공'이 제공하는 편리함을 쉽게 포기할 수 없다. "로봇기계", "세멘", "빌딩", "옥상 광고탑" 등이 즐비한 도시에서의 삶은 너무나 매력적이기 때문이다. 요약하자면 손익태는 "옥상 광고탑 화면 속에 갇혀", "박제된", "새들의 욕망"을, "성형애인의 매니큐어 바른 손"으로 "디자인"함으로써 자본주의 사회의 민낯을 적극적으로 형상화한다. 또한 황지우의 시 「새들도 세상을 뜨는구나」와 견주어서 읽어보아도 좋을 일이다.

(……)

세상 모두 동등하게 살아가라고
비와 바람, 번개, 천둥이 뾰족하고 모난
것을 갈아 둥글게 마모시키는 일을 하는구나

미세한 티끌도 현미경으로 관찰해 보면
아직도 살고 싶은 욕망이 남았는지
표면이 울퉁불퉁 거칠다

나도 죽을 때까지 둥글게 깎이고 마모되다가
끝내 둥글지 못한 모서리로 사라지겠지

(……)

해와 달의 눈에 잘 띄는 난간 한편에 자리 잡고
잠시 주인행세하다 사라질 것을
―「모난 것은 살아 있다」 부분

시인이 시집의 표제시로서 선택한 시이다. 독자들로서는 여기에서 "모난 것" 또는 '모나다'에 주목할 필요가 있다. '모나다' 또는 그것의 결과로서의 '모난 것'에는 어떤 이중성 또는 복합성이 내재한다. 두 가지 속성 중 하나는 둥글지 못하고 까다롭다는 의미이고, 다른 하나는 유용한 구석이 있다는 의미이다. 모난 것이 까다로움과 유용성을 동시에 포괄한다는 점이 긴요하다. 손익태는 모난 것을 '뾰족한 것'이나 '모서리'라고도 부르는데 이것들은 '둥근 것'과 대비된다. 일반적으로 모난 것보다 둥근 것을 선호하는 사람들이

다수이지만, 시인은 모난 것의 가치를 강조한다. 그에 따르면 "모난 것은 살아 있다". 어쩌면 우리는 "지구" 또는 "세상"에서 "잠시 주인행세하다 사라질", "티끌들"인지도 모른다. 터무니없는 "욕망"을 내려놓고 삶의 진정한 가치를 찾아야겠다.

관객들은 알고 있지
서로 속고 속아야 마술이라고
흰색과 검은색은 자웅동색이라며
마술을 거는 자본의 세계

(……)

교란과 가증으로 현실보다 더 화려하게
포장하는 여의도 원형지붕 금 뺏지의 마술
고양이와 개를 사람처럼 옷 입히고
삼시 세끼 밥상 위에 초식동물과 생선의 살을 놓고
—오늘도 일용할 양식을 사기 치게 하고서—
고양이와 개들에게 기도하며 사는 마술의 세계

(……)

글로벌 네트워크 세계화 시대
히말라야 설산이 무너져 내리고
남극 빙벽이 녹아내리고
북극곰들의 터전이 사라지는

절묘하고 신비한 마술의 세계
—「마술의 세계」 부분

손익태가 집중하는 대상은 "자본의 세계"이자 "마술의 세계"이다. '자본' 또는 '돈'은 현대 사회의 '치트 키cheat key'이다. 우리는 "흰색과 검은색"이 뒤섞여 있어서 "서로 속고 속"이는 "마술을 거는 자본의 세계"에서 살아간다. 그곳에는 "현실보다 더 화려하게/ 포장하는", "사기치"는 마술이 난무한다. 오늘날 "히말라야 설산"이나 "남극 빙벽" 또는 "북극곰들" 등 상당수의 "자연"이나 '생물'은 소멸되거나 축소되었다. 반면 "플라스틱 꽃"과 같은 '과학', '기술'의 소산은 크게 활성화되었다. 자본을 최대화하는 "글로벌 네트워크 세계화 시대"에 인간에게 무엇보다도 필요한 것은 다름 아닌 자연이나 생물일 수 있다. 그것이야말로 기존 현실을 넘어서는 새로운 현실이며 진정한 마술의 세계일 테다.

(……)

맑은 기운의 뿌리에서
정령들이 깨어나 누군가의 꿈을 잉태하면
땅에서 피어오르는 저 아지랑이 속에 감춰진
신파의 묘약들을
지상에 흩뿌리며 들숨으로 마신
유한의 시간을 모든 이가 빌려
잠시 살아가는 피조물의 낙원

성장을 향한 미숙의 조급함에서
욕망이 움트고
설익은 사랑으로 인한
마주침에서 서로 얼굴 붉히며
그로 살아있음을 확인하는 순간
두 발로 서있는 이곳이 축복의 땅이며
모든 뿌리의 시작과 끝인 것을
–「뿌리에게」 부분

시인이 가장 집중하는 공간은 하나이지만 다채로운 다른 이름들로 소개된다. 그곳은 "약속의 땅"이자 "축복의 땅"이다. 또한 "낙원"이자 "지구"이며 "이 땅"이자 "이곳"이다. 여기는 "피조물"이 살아가는 공간이다. 조물주가 만든 모든 것이, 인간을 포함한 삼라만상이 여기에 있다. 이와 같이 중요한 공간인 땅의 "뿌리"가 궁금한 것은 자연스럽다. 독자들로서는 땅의 "근원"을 알고 싶을 테다. 손익태가 제시하는 땅의 본질은 "기쁨", "욕망", "사랑", "꿈" 등과 연결될 수 있다. 그에 의하면 우리는 "유한의 시간을", "잠시 살아가는" 존재이다. 시인은 앞에서 살핀 시 「모난 것은 살아 있다」에 이어서 이번 시 「뿌리에게」에서도 거듭 삶의 유한성을 강조하고 있다. 유한한 삶 앞에서 땅의 뿌리, 근원, 본질을 되새기며 기쁨, 욕망, 사랑, 꿈을 생각하고 실천하는 일이 필요하다.

알함브라 궁전의 가등街燈이었을까

겨울궁전 쓰고 버린 장식으로
훤칠한 뼈대만 덩그러니 방치되어
봄의 초입 알리는 백열등 빛이 환하다

아라베스크 신전 히잡 쓴 여인들
시절의 흥망성쇠 떨어지는 꽃모가지
바람 옷에 피어나는 여인의 살 내음
하늘한 옷깃 사이 우윳빛 젖몽오리

침탈의 수모 견뎌야 했던 절세가인의
가슴 아픈 전설이 꽃으로 피어
이른 봄 며칠 주변 빛이 훤하다
-「목련」 전문

"봄의 초입" 또는 "이른 봄"에 손쉽게 만날 수 있는 식물 중 하나가 "목련"이다. 손익태는 이와 같은 비근한 식물을 대단히 신선하고 낯선 대상으로 변형한다. 그에 따르면 목련은 "꽃"이자 "빛"이며 "여인(들)"이다. 꽃은 "꽃모가지" 등과 하나의 계열을 이루면서 식물로서의 목련을 구성한다. 빛은 "가등街燈", "백열등 빛" 등과 다른 하나의 계열을 이루면서 환한 빛남으로서의 목련을 구성한다. 여인 또는 여인들은 "절세가인" 등과 또 하나의 계열을 이루면서 아름다움으로서의 목련을 구성한다. 특히 이 시는 "알함브라 궁전"이나 "겨울궁전", "아라베스크 신전"이나 "가슴 아픈 전설" 등을 통해 어떤 자유의 확산과 상상력의 심화를 제공한다. 또한 "환하다", "훤하다", "우윳빛" 등에 담긴 시각視

覺 관련 표현이나 “살 내음” 등에 담긴 후각 관련 표현 등 감각 관련 표현들이 대단한 역동성을 지니고 있다. 손익태 시의 미(美, beauty)와 미학(美學, aesthetics)을 적극적으로 구현하고 있는 작품이 아닐 수 없다.

손 씻으면 손 사이로 흘러내리는
각지거나 모나지 않은 둥근 살점
동글동글 미끄러지는 민살의 매끄러움
똑똑 떨어지는 순정의 각질

천상의 기질을 가진 너는 서로를 알아보며
낮고 낮은 골 찾아 화해의 물길 만들어
풀이나 나무나 돌이든 상대의 성질에 맞게
잘방잘방 몸 굴린다

아무런 조건 없이
너를 깨고 부수고 먹고 마시는 이에게
어미 품속 같은 젖가슴 열어
배불리 먹이며
上善의 자식으로 키워가는 모성애
-「水」 전문

시인은 「갱년기」, 「모난 것은 살아 있다」 등의 시에서 이미 ‘모난 것’ 또는 ‘모나다’를 점검한 바 있다. 그는 이번 시에도 “각지거나 모나지”라는 표현을 노출함으로써 모난 것을 부정하지 않음을 보여준다. 손익태는 모난 것의 가치가 살아있음을 믿는다. 다만 그에 의하면 물水은 각지거나 모난 것과는 다른 차원에 위치한다. 시인은 물을 "둥근 살점"으로서, "동글동글 미끄러지는 민살의 매끄러움"으로서 이해한다. 물은 또한 "순정의 각질"이거나 "천상의 기질"이며 "화해의 물길"일 수도 있다. 그는 "상대의 성질에 맞게/ 잘방잘방 몸 굴"리는 물을 "어미 품속 같은 젖가슴"으로 규정한다. 이제 물은 "모성애"의 대표적인 상징이 된다. 독자들로서는 최고의 선善은 물과 같고, 물은 이 세상에서 으뜸가는 선의 표현이라는 '상선약수上善若水'의 경지를 찬찬히 되새겨볼 일이다.

12편의 시를 중심으로 시집 『모난 것은 살아 있다』를 점검하였다. 손익태가 조성한 시 세계에서 우선적으로 눈에 띄는 대목은 인간의 노화老化와 무관하지 않다. 「유튜브」, 「백세 요양원」, 「갱년기」 등의 작품들에서 찾을 수 있는 바는 무엇인가. 그는 주위에 적응하면서 근원으로 회귀하는 노인을 보여준다. 죽음에 순응하고 죽음을 준비하는 웰 다잉으로서의 삶을 제시하는 것이다. 시인에 의하면 노인은 인간이라는 생물에 속하지만 돌이나 물 또는 흙 등의 무생물에 가깝다. 그는 무생물을 활용하여 노인의 특성을 실감나게 묘사한다. 또한 독자들에게 디테일의 리얼리티를 보여줌으로써 노년기를 눈앞에 둔 과도기로서의 갱년기를 오롯이 재현한다.

다음으로 발견할 수 있는 부분은 현대 사회의 핵심으로서의 자본資本과 연결된다. 「나의 미래」, 「마술의 세계」 등의 작품들에서 찾을 수 있는 바는 무엇인가. 시인에 따르면 '자본' 또는 '돈'은 현대 사회에서 가장 중요한 대상일 수 있다.

"나의 미래"를 "자본의 미래"로 규정하는 솔직함은 숨길 수 없는 그의 장점일지도 모른다. 손익태에 의하면 "자본의 세계"는 거짓이 난무하는 "마술의 세계"에 가깝다. 다만 우리가 여기에서 기억해야 할 바는 그가 규정하는 마술의 세계에 '자연'이나 '생물'이 포함된다는 사실이다.

미국의 인문학자이자 여성학자인 베티 프리단Betty Friedan에 따르면 "노화는 상실한 젊음이 아니라 기회와 힘의 새로운 단계이다.(Aging is not lost youth but a new stage of opportunity and strength.)" 또한 헨리 포드Henry Ford에 의하면 "자본의 가장 높은 사용은 더 많은 돈을 벌기 위한 것이 아니라, 돈이 삶의 향상을 위해 더 많은 일을 하도록 만들기 위해서이다.(The highest use of capital is not to make more money, but to make money do more for the betterment of life.)"

시인은 시집『모난 것은 살아 있다』에서 '노화'와 '자본' 등의 키워드들을 활용하여 시 세계를 전개하였다. 손익태는 노화를 젊음의 상실로서 이해하지 않는다. 노화는 부정적인 상황의 급박한 도래가 아니다. 오히려 그것은 새로운 기회와 힘을 제공하는 빛나는 무대일 수 있다. 또한 그에 따르면 자본의 목적은 단순히 돈을 많이 벌기 위한 것이 아니다. 어쩌면 그것은 우리 사회 곳곳에 더 나은 삶을 확산하는 원동기로서 작동할 수 있다. 시인은 지금, 여기에서 노화와 자본 등의 시적 대상들을 긍정적인 관점에서 수용하고 환하게 밝히는 중이다. 그에게 주어진 시간과 공간이 환희의 송가처럼 지속되기를 바라 마지않는다.

손익태

손익태 시인은 1955년 경상북도 경산시 하양읍에서 태어났고, 2010년『대구문학』신인상으로 등단했으며, 2022년 '한국장애인 문화예술원' 창작지원금을 받았다. '미래작가회' 동인으로 활동하고 있으며, 2022년 현재 '한국 저작권 보호원' 모니터 요원으로 재택근무 중이다. 손익태 시인의 첫 시집『모난 것은 살아있다』는 그의 삶과 무관하지 않다. 그의 시는 자신의 삶이나 인생과 긴밀하게 연결되어 있는 경우가 많다. 시인은 삶을 녹여서 시를 형상화하는 경향성을 보이고 있는 것이다.

이메일: sit1263@daum.net

손익태 시집
모난 것은 살아있다

발　행 2022년 9월 5일
지은이 손익태
펴낸이 반송림
편집디자인 반송림
펴낸곳 도서출판 지혜
주　소 34624 대전광역시 동구 태전로 57, 2층 도서출판 지혜(삼성동)
전　화 042-625-1140
팩　스 042-627-1140
전자우편 ejisarang@hanmail.net
애지카페 cafe.daum.net/ejiliterature

ISBN : 979-11-5728-484-9 03810
값 10,000원

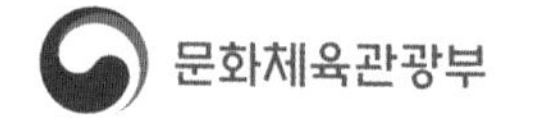

* 이 책은 문화체육관광부, 한국장애인문화예술원의 후원을 받아
2022년 장애인 문화예술 지원사업의 일환으로 발간되었습니다.